JN085720

耳輪鳴る

Sakata Kouichi

坂田晃一句集

ふらんす堂

序

坂田晃一さんはすでに二十五年余りの句歴があり、第一句集『耳輪鳴る』が世に出ることは、私にとってもたいへん嬉しいことです。

晃一さんは、鍵和田秞子主宰のご逝去にともない二〇二〇年に終刊となるまで「未来図」にて薫陶を受けられました。その後、「未来図」後継誌の「磁石」を経て「麦」に入会。胸に秘めた俳句への情熱や、高い学識、社会人経験の豊かさは人一倍のものがあります。充実した作品発表により、「麦」では異例の早さで同人に推挙され、今や「麦」が誇る代表作家の一人です。

晃一さんは若い頃にオーストラリア・シドニーに、結婚後にフランス・パリに駐在されました。しかし、世はバブル崩壊後の荒波の時代でもありました。

「麦」に掲載した作者の文章に、俳句を始めて間もない一九九八年ころ、河原枇杷男の〈誰かまた銀河に溺るる一悲鳴〉に出会い衝撃を受けたとあります。

「未来への漠然とした不安を抱いていた」とき、夜空の星々のかなたから悲鳴が聞こえてきた。悲鳴の主は自分かも知れないし、明日はまた別の人かも知れない。「悲鳴は個人的な嘆きを超えて永遠に続く」。そしてこの「大きな詩的空間の広がりの中に自分のちっぽけな不安など消えていく」のを感じたのだと。

枇杷男の句に悠久なる時間の河に溺れるような悲鳴を聞いた作者。見えないものによって癒され、見えないものが現実を受け止める力となっていく。それが俳句という詩との出会いだったのです。

死者まねく灯のうつくしや踊るなり
神輿揉む蝶の祭りとぶつかつて
山粧ふどこかに鏡どこかに死
手のひらはあたたかき墓ぼたん雪
水着しぼるまだたましひからも水

そして、遠き悲鳴を自己の内面に聞き続ける中で、人間の奥底に抱え持っている生と死の真実を問うべく作品に昇華させていきます。

　魂迎えの灯に導かれてくる死者を歓迎する踊り、魂の依り代としての神輿の揺さぶりに真正面からぶつかってくる蝶の群れ、華麗に秋の紅葉に染まる山の中にある輝きは、秘められた魂の乗り移った銅鏡でしょうか。また、魂が吸い込まれるように牡丹雪が消えてゆく手のひら、水着に残った濡れた魂をしぼり取るしぐさ。

　これらは最後の句以外には「たましひ」という直接的表現は使われていません。使わずに、自分の思いが詩的現実を創造する「言霊」ともいうべきことばの使い方がなされています。

　それは、自分の内面にある生と死を司る根源の存在に、俳句という短詩型によって直接触れようとする詩魂のなせる技です。

　人も水梅雨の近江の窓に寄る
　身の裡は夜空と思ふ竹夫人
　大陸の動きしむかし粥柱
　月の湖千手犇きあへるかな

人体は水。造化に操られるように流れてゆきます。梅雨の近江ということばが詩的空間を形成します。竹夫人は竹そのもの。しかし動くことのできない竹夫人は自分の中に夜空の宇宙を感じるのです。粥柱という新年の季語の中に大陸の移動の雄大な時間の流れを感じ、月光の湖のさざ波に千手観音の救いの手が犇くことを見ています。

これらの句に描かれた世界は、長い修練によって培われた写生を基盤としながらも抒情豊かな感性で捉えた「内面の具象」です。

こうした詩魂の昂りとともに、愛犬との散歩の際に作ったという冒頭句を始め、企業人として乗り越えてきた中での穏やかながらさらに自己の内面を深く見つめる句があります。

初景色犬の視界に犬のゐて

二人よりはじまる家族蛍籠

定年やすみれの花に日の残り

さくら散る歩行器の犬一歩一歩

子の育ちきりし夕空こひのぼり

二人から始まる家族の最少単位、静かに訪れる定年の日の小さなすみれに残る日差しなど、素朴な表現ながら丁寧に詠み切っており、人生の意味を自問しています。

耳輪鳴る海亀海へ帰るとき

海亀が夜の砂浜に産卵して静かに海に帰って行く。真夜中の波音を背に涙して卵を産む海亀。そのしんとした神聖な時間を私も徳島日和佐の海岸に見に行ったことがあります。晃一さんは古事記を中心とした古代史、美術鑑賞に詳しく、タイトルとなったこの句も古事記の山佐知毘古・海佐知毘古の故事を現代俳句によみがえらせています。神の証の耳輪の音がシャランと響いたその瞬間、日本人の遥かな時空とふるさと四国の海の景が一つにつながり晃一俳句の原郷となっていく。

同様な時空連続体ともいうべき作品を挙げます。

星流る鑑真きつときれいな眼

野火に降る雨応仁の乱の雨

天牛さびし雲の彼方を蒙古軍

雲丹割つて平城京にとろりと日

素戔嗚の鼻息をもて山眠る

そして、集中後半には、祈りのような決意を滲ませた作品が並びます。

言葉いま炎に透ける焚火かな

枯野人遥かにわれも枯野人

罌粟坊主殉教せしは手を挙げよ

受験子のラジオつぶやくとき気泡

光合成したる白シャツ手をとほす

みぞれ降る天使の額のみ濡らし

俳句という短い型式を信頼し、その上で独自の世界を創り出すことは容易ではありません。しかし、文芸の孤独に満ちたその挑戦者たる姿勢は、いにしえの芭蕉もまたしかりでした。

さそり座は旅する一座洗ひ髪

夜空のさそり座も自分もそして森羅万象すべての生命が、時間の旅人。しかしその旅は孤独ではない。寝食をともにする「一座」なのだという。ぬばたまの黒髪が抒情を誘います。

誰か来る檜鶏頭の地平線

乾いた現代社会に立ち向かう救世主への期待のような一句です。

「麦」とともに歩みを深める、時空の旅人ともいうべき俳人坂田晃一さんの今後益々のご活躍を楽しみに筆を擱きます。

『耳輪鳴る』のご上梓を心よりお祝い申し上げます。

二〇二四年立夏

牟礼源平の里にて　対馬康子

耳輪鳴る／目次

序・対馬康子

句集

耳輪鳴る

春の雪

二〇〇七年—二〇一五年

初景色犬の視界に犬のゐて

しのぶ恋なれど飛ばされ歌がるた

歩みゐて水脈引くごとき春着かな

巣箱ともなれぬ巣箱に春の雷

献花する海のしづけさみちのく忌

啓蟄や地下の地下より人の群

拉致の地に日の差し来るや春の雪

荊冠を置かるる夢に囀れる

葱坊主塔は千年立たされて
父さんも母さんもゐる石鹼玉

雲雀啼く空のどこかにピンホール

花に翳ピカソに青の時代あり

つつじ燃ゆ消防訓練してをりぬ

ストロボを焚かぬ世となり太宰の忌

人も水梅雨の近江の窓に寄る

予報士の予報せし空虹生れぬ

太古より空は動かず青あらし

噴水や残業の灯をあつめては

空蟬に母なる幹を得しかたち

滴りの宿すひかりもしたたりぬ

身の裡は夜空と思ふ竹夫人

北向く子南へ向く子天の川

蕎麦の花揺れて冷たきインク壺

秋風やアコーディオンも簞(した)を持つ

月徐々に痩せて高みに獺祭忌

秋遍路腹の減る影道連れに

白桃に会津の疵のありにけり

星流る鑑真きつときれいな眼

ゐのこづちつけて厳父の帰り来る

蜻蛉の群れにも二軍ある川原

桃啜る悪人ばかり出る映画

九月逝く急流のごと車窓の灯

磔にされて案山子の日はじまる

東京や檸檬に生るる青き影

福助といふ名の菊やわれも福助
鍋ひとつ食器にもなる十三夜

空の高さたしかめて蛇穴に入る

額に釘打ちたき日あり鶲来る

木守柿古きみやこの如くかな

蟬氷踏めば砕ける少年期

がつたんと麺麭吐き出され神の旅

悪相に撮らるる写真神の留守

書き順のわからぬままの海鼠食ふ

海鼠まだ眠る勤労感謝の日

霙降る日にも海鼠に客がつく

コンビニの旗鳴る日なり憂国忌

陶片もうつくしき血も十二月

深海に降る雪のあり竜の玉

父の咳星のまたたき了るころ
ふくろふに聞かれぬやうに手話つむぐ

冬怒濤茶筒の中に入りきらず

憂鬱は帽子のかたち漱石忌

ところどころ焦げし地球やクリスマス

冬の蟇聖なるもののごとく埋む

寒鴉啼くや夜明けに溶けぬやう
千体のほとけ悴みつつ禱る

鮟鱇に宇宙の涯を来し風か
空を降りきたりこの世に雪うさぎ

青蘆原

二〇一六年—二〇一七年

大陸の動きしむかし粥柱

初松籟空を忘れてゐる鶏に

国も角砂糖も崩れ冬深し

尾は滅びなほ愛の日のホルン吹く

野火に降る雨応仁の乱の雨

日曜の淋しさの数蝶生る

朧より来てはおぼろへ軍用機

紙風船吾子は小さな嘘をつく

啓蟄の千円札は放浪す

帰る鳥遥かに涅槃したまへる

卒業やキューピーほどの翼持ち

啄木忌コップの底の濡れてゐる

菜の花やをとこばかりが蒸発し

花ぐもり水と飲み込む正露丸

憲法記念日この靴下も穴あいて

東京や媚薬のやうに夜の新樹

穴潜る蟹の速さよ戦あるな

翻るくらげをとこの嘘にかな

吊革の一人ひとりの飼ふ水母

近眼のをとこに網戸ばかり見え

波の上の蝶のまま覚め籐寝椅子

海の日の写真傾きやすきかな

ゾウの魂ゾウを離るるとき涼し

透明な烏賊になりたし笑へぬ日

鶏卵を溶くや青蘆原の鳴る

ゆらゆらとアスファルト炎え象の死よ

青梅雨や記憶の牛が舐めに来る

蟻の入る小暗き店に鍋や釜

海の日の日の丸掲げゐる山家

空蟬の濡れてゐる朝泣きゐしや

白日傘地獄の門に来てしまふ

死者まねく灯のうつくしや踊るなり

月の湖千手犇きあへるかな

剝がしてはまた貼る付箋獺祭忌

蛇に要る長き寝袋天の川

俘虜たりしことは告げざり鵙の贄

着岸の揺れのどすんと月の波

ふつと息込めし封筒秀野の忌

この路地のここも銀座や愛の羽根

まほろばの大和うるはし露の塔

新世界よりの白波秋遍路

流れゆくとんぼや人は澪標

月光の海の道なり歩かうか

霧の島死ぬ順番に猫湧いて

仮縫ひの菊人形となる心地

友をらぬ鬼に無花果生りにけり

人といふ光なきもの十三夜

雨よりも濡れし音立て木の実降る

心臓を焼いてもらひぬハロウィーン

末枯のはじめは頁めくる指

生れくる命や月の観覧車

ユダのごと日は雲にあり葱畑

星遠し鯛焼の湯気どつと出て

木がらしや煎餅の屑ぼろぼろと

パン種のふくらむ力神の旅

河豚食ふや町に奈落の現はるる

湾に雪真珠の育つ音ひそと

冬麗や昭和の傷もある硬貨

十字架の神にも疲れ雪蛍

かさと鳴る木の葉を宿に神の旅

ちちははの栖は二階山眠る

モナリザの微笑どこかに冬の鵙

滅びゆくものの顔して夕焚火

雪になるらしふるさとの花時計

月蝕の色底冷えのネロの色

傷つきし羽根の音して傘へ雪

飼はれたる鷹の素性や雪が降る

濤音のへばりつく村注連飾る

蝶の祭

二〇一八年―二〇一九年

瓦解するどんどムンクの叫び声

日脚伸ぶ河豚は浮くことのみ思ひ

木の芽風みるみる顔の出来上る

尖塔に鐘の一室鳥帰る

悪たれや建国の日の雲が呼ぶ

春雪濡らす関東平野兜太逝く

鳥帰る太く濃き字の荒凡夫

雁風呂やごんごんと飛ぶ米軍機

花冷えや始祖鳥はまだ石の中

鞦韆を漕げば大陸よりの風

遠ざかる顔が電車に柳絮飛ぶ

牛のごと金管楽器鳴らし春

蜃気楼まだ立つてゐる猫の耳

木々に天めざす響きや夏来る

神輿揉む蝶の祭りとぶつかつて

新緑や磨きこまれし床が墓

二人よりはじまる家族蛍籠

傷のごとアイロンの皺桜桃忌

紫陽花の一つひとつが悲の器

信長の討たれたる夜や蛍狩

花々の知らぬ重力蟾蜍

空耳は頑張れのこゑ夏木立

地球史の一日爪弾くあめんぼう

旅に出ぬ電車ばかりや金魚玉

白玉に砂丘の雨のひかりかな

小刀で彫られし噂ラムネ噴く

戦争を知らず傷みしバナナ剝く

離陸して東京の灯は蟬の翅

耳輪鳴る海亀海へ帰るとき
今生で出会へぬ人も浦島草

砂丘にも痩せゆく時間氷旗

ひきがへる闇の隅より滲み出す

鳥の死へ円き光の野外劇

蛍袋母の名前のバー灯る

野良猫の青水無月の眸となりぬ

海の日やシャツに彫られしごとき影

鳥統ぶるあかときのあり籐寝椅子

壊れゆく母や音なく黒揚羽

天牛さびし雲の彼方を蒙古軍

爽涼やミイラ目覚めしごとくゐて

台風の眼の中湯船かき回す

眉白く草の穂絮となる準備

秋の金魚灯ともす色に爪を塗り

水澄むやサラリーマンに薄き髯

吽形の溜めるカやいわし雲

絡み合ふ家系図島の蔓を引く

母を恋ふ臍は右寄り天の川

遠き砂漠星の芯持つ梨を剝く

仏頭に仏頭生えて秋の山

山粧ふどこかに鏡どこかに死

猿酒月に遠くの木が騒ぐ

秋の灯や美しき洞持つ弦楽器

蛇穴に入る焼き物に炎跡

糞ころがし転がす廃炉天の川

菩薩めく駱駝の笑ひ秋高し

明治遠し玉蜀黍に残るひげ

晩秋の木の待つてゐる東口

鬼の子と呼ばれ千年身を吊す

その顔でよいかと木枯しの鏡

妻のもの畳んで小さし一葉忌

耳澄ませば海の満ちくる熊手かな

日溜りの蒲団や貘の飼へさうな

へこむ蜜柑へこまぬ蜜柑子規と律

唇に貼りつくうろこ神渡し

竜のごと流れゆくかな木の葉髪

極月や鳥は己が身閨として

島の輪郭

二〇二〇年―二〇二一年

初旅やマグマの冷めしあたりまで

或る朝の盗人の顔寒卵

寒林を行く口笛も光浴び

最澄と暮らすともしび薄氷

灯台は風への拳菜の花忌

紀元前より笛を吹く人木の芽和

手のひらはあたたかき墓ぼたん雪

あこがれの遠さに野火は動く縞

寝過ぎたる身体水欲る涅槃かな

リユウグウノツカイ来てゐる春の月

さすらへる雲は兜太か欅の芽

日の丸の絶滅危惧種めくや春

蝌蚪の紐トランペットの音擦れ

どこに繋がる電話ボックス朧の夜

針呑みし魚のただよふ花曇

視線とは光の糸か鳥の恋

雲丹割つて平城京にとろりと日

定年やすみれの花に日の残り

丸薬の苦味身に添ふ朧かな

鏡くもらせ受難日の舌の色

鳥帰る杯交はすとは契ること

蜜蜂や釈迦の眠りの濃きところ

麦秋はちちははのゐる家のこと

驟雨来る今年神輿の出ぬ町に

陰翳を描けば緑さす乳房

荒梅雨の水面に穴のあく悼み

靴下のゴムのゆるびて梅雨茸

内臓の冷めてくる夜や蛍籠

錆びてゆく男が一人薔薇の園

水着しぼるまだたましひからも水

あぢさゐも鳳凰堂も水に浮く

麦熟れて没日は海へ割る卵

人間失格青を顕たせて額の花

夜光虫従妹の手足長く細く

萍の沼のしづけさ職退いて
毛の国をかなかな墨の滲むごと

辛苦なき世の顔をして捨案山子

野球部の声どんぐりの光り出す

秋の夜の鼓膜を濡らしゆく轍

売られゆくものへ竹伐る響きかな

まだ残る鬼の呪ひや桃の種

山頂や午後の蜻蛉に火の匂ひ

傷心をプレパラートにいなつるび

翅持たぬものへも蜻蛉群れ来る

島の輪郭たどるバスの灯冬銀河

人が人撃つ白息のありにけり

ストーブのふぶきは真つ赤鬼が来る

影軽き大道芸の小春かな

言葉いま炎に透ける焚火かな

能面の雪嶺暮るるときやさし

部屋昏し時雨忌の夢覚むるたび

辞書を編むごとく蜜溜め冬林檎

虫眼鏡あてて蠅の字冬ぬくし

折鶴をささふあをぞら雪がこひ

妻の瞳の中に白鳥万羽ゐる

義士の日のレコード針を置けば雪

枯野人遥かにわれも枯野人

擦過音

二〇二二年

ライオンの大きな顔で初日浴ぶ

米こぼす虎の土鈴の下がり眉

すごろくの昭和バブルも戦争も

たこ焼きの溶岩あふれ雪催

雪女分厚い切符持つてゐる

寒林や最後は燃やす紙芝居

日脚伸ぶ手ざはりで識る裏表

冒頭でつまづく手紙ぼたん雪

腹黒いをとこ長生き鶯餅

ピンの穴周り崩れし余寒かな

風車売へさみしき猫の寄る

片方は踏まれし鋏汐まねき

ふはふはと犬の毛の飛ぶ梅月夜

軽石の流れ着く島建国日

涅槃雪しやぶられ光る鳥の骨

ロシア、ウクライナ軍事侵攻　二句

享保雛怖し独裁者の吊り目

戦火の野蝶は息づく翅を持ち

交替の衛兵のゐる抱卵期

栄達の夢へアネモネ誘ひけり

船の名で呼び合ふ親族(うから)桜東風

体温計微かに鳴けり朧の夜

雲流れゆくや雛にも下瞼

奈落へと落ちゆく途中藤の花

鳥帰る雲の湿りのいなり寿司

けもの道ばかりを歩き昭和の日

菜の花の花より花へ飛ぶ仕事

さくら散る歩行器の犬一歩一歩

陽炎のきりん蹄を見失ふ

栄螺立つ自由の女神遥かにし

摺つて摺つて北斎の波夏来る

子の育ちきりし夕空こひのぼり

麦秋やメールに蠅のやうな嘘

輪廻よりはづれし顔に蟾蜍

穴一つ大きなベルト梅雨深し

守宮啼く町や傾く土星の環

茅花流し骨の隅々まで撮られ

蘭鋳の噴く欲五つでは足りず

舟虫の逃げ足風のなき夜も

漬けられて梅は太古の夢を見る

人とはぐれ見つめをる水柚子の忌

風抜ける蝸牛の殼といふ伽藍

河童忌の手足の冷えてしまひけり

青梅雨の奥円空の鉈の音

約束の夜がまた来る合歓の花

風鈴の舌の渇くといふことも
白玉の光マドンナ老いにけり

わだかまり解けたる音にラムネ開く

陶枕のへこみ富貴の夢すこし

つぶれたる蚊の跡若き日の余白

空蟬の考へてゐる目のあたり

ほどかれて白日傘行く水辺かな

蜂蜜の壜に行くあてなき西日

妻をらぬ夜はなほ青く冷蔵庫

槍投げの弧を描く汗のしぶきかな

風鈴やアサギマダラの訪ふ気配

蒲の穂の並び点呼の日の高し

凌霄を旗とし集へ人は風

秒針は翅のごとくに夜のプール

身の裡をとほるせせらぎ走馬燈

罌粟坊主殉教せしは手を挙げよ

この世では立つのがやっと茄子の馬

空家また増えて蜻蛉の擦過音

棉吹くや嬰にことばの生れきて

父母捨ててつくつくぼふし鳴く小径

水槽の亀の名はルイ星流る

目合はさず運ぶマネキンタかなかな

誰か来る檜鶏頭の地平線

梨剝くや引く波ばかり美しく

着ぐるみの口より仰ぐ流れ星

秋風や山羊はピカソの泣く女

癌の犬連れ球形のすすき原

蟷螂の顎の尖りを妻も持つ

魚の貌泡立草に日の溜り

足指の爪が山姥十三夜

綿虫の斑の浮き一日の加齢

神の旅水たつぷりと空を描き

落葉みな流星群の過ぎし穴

人を恋ふ夜明けは鶴の翼欲し

ボクサーの全身に湯気クリスマス

レントゲン写真はひとり冬木立

ふくろふの鳴く森蔵し母の膝

訃報ひとつ光ためたる冬の月

冬野かがやく粘土の馬に脚をつけ

布団みな古墳の重さ山眠る

泣く女三人三面鏡に雪

黄落期

二〇二三年―二〇二四年

真つ白なノートを広げ鶴呼ばん

素戔嗚の鼻息をもて山眠る

風花や人形の眼は瞬かず

カレーパン割る湯気見つめ雪兎

寒卵海を感じてゐたる旅

夜神楽のさざめき点し浮く地球

近影に鳥写りこむ潮干潟

楼蘭のことも春暮のシーグラス

受験子のラジオつぶやくとき気泡

真ん中は月に引かれて官女雛

観潮の鱗をまとふ髪ならん

野火一列沖より波の来るごとく

洗ひたる皿みな濡れて仏生会

短冊の文字は清流濃山吹

ペン握る腱のこはばり鳥雲に

野焼の火冷たき銅貨握りしめ

蛇穴を出るや湧きだす雨男

雨の日は谷戸のしづくとなる初音

めばる煮る雨は灯台より濡らし
春の夜や印画紙濡れた火を放ち

桜蕊ふる銃眼といふ虚ろ

猫に聞く妻の居場所や蜃気楼

草笛を吹くまだ母が母でゐて

更衣山に和音の雨がふる

ひんやりと茂りイエスを愛すユダ
パパイヤを剝く手かすかに秘境の香

鬱屈や蛇は枝よりぶら下がり

光合成したる白シャツ手をとほす

揺れてゆく列車は蛹麦の秋

失恋のとき紫陽花は氷る花

月涼し硬貨を呑むといふ電話

呼吸する残像妻に似し水母

写真みな生前の顔夏館

雷激しサンドバッグの擦過傷

若き日の野望からんと枇杷の種

噴水や刻々変はる嬰の顔

さそり座は旅する一座洗ひ髪

逝く夏の風船めきてフラミンゴ

かなかなの沁むる片頬ありにけり

途中階にては停まらず曼珠沙華

寝そべれば人のくぼみや鰯雲

オリーブの熟れて来るはずなき手紙

にはとりと同じもの喰ひ秋彼岸

柘榴裂けレコード盤の黒き艶

鳶の笛小さき石を磨く秋

一枚に広がる箱や黄落期

老人も蜻蛉も風に浮きやすし

人透けるための焼酎月夜茸

小指にて拭はん鷹の渡る空
みぞれ降る天使の額のみ濡らし

万華鏡どの鏡面も鳰潜る
未来なほまばゆきころの霜焼よ

古暦むさし野を吹く風の色

団欒や孵りさうなる寒卵

葉牡丹のみる夢犬の駆ける夢

あとがき

俳句を始めてもうかれこれ四半世紀になる。よく続けてこられたものである。そろそろこのあたりで区切りをつけて句集を出す頃合いかと思う。

俳句を始めたきっかけは、当時勤務の関係で住んでいたパリで日経新聞の俳句欄を読んでいて、海外在住の方も投句されていることを知ったことである。これなら自分もできるかもしれないと、葉書で日経新聞に投句し始めたのが最初である。

投句は黒田杏子先生を選者に希望した。当時はバブル崩壊の後で、私の勤めていた金融機関もご多分にもれず大変な状況にあった。先行きの見えない不安の中でその気持ちを句にして詠んだ。最初に日経新聞に載った句は、《世の塵の人の背に積む寒夜かな》という句であった。黒田先生からは「この句まことに素直に詠み上げられている。初心の人のよさである。」という評をいただいた。

帰国してからも日経新聞への投句を続けていたが、ある日、黒田先生より「藍生」に入りませんかと自筆の手紙でお誘いがあった。二〇〇五年二月頃だったと思う。二〇〇七年十月からは一年間、毎月十句くらい「藍生」に載せる機会をいただいた。今考えてみれば、ずっと黒田先生に背中を押していただいて、それを励みに投句を続けられた気がする。

「藍生」では四年あまりお世話になったが、その後また違ったタイプの俳句の刺激を求めて、住所が比較的近かった鍵和田秞子主宰の「未来図」に入会した。「未来図」では十一年あまりお世話になり、主宰ご逝去の後は、依田善朗主宰の「磁石」に入会した。いろいろ転変はあるが、この間自分の句に多少進歩があるとしたら、それは句会に出るようになったことの結果かと思う。特に依田善朗主宰が会長をされていた「杙の会」では、無点句についても皆様のご意見を聞く機会を得、これが大変勉強になった。

今回句集に編んだ句は、大半が「未来図」、「磁石」時代に作った句である。

しかし、二十五年あまりという月日は長く、その間に、鍵和田秞子、黒田杏子と相次いで師を失ってしまった。心残りは、ずっと私を見守ってくれていたであろうお二人の師に句集をお見せできなかったことである。

現在所属している「麦」の対馬康子会長とは、母校の高松高校の先輩、後輩というご縁で、高校の卒業生で始めた句会で毎月お世話になっていた。これももう一五〇回を超えて続いており、その間、対馬会長（句会では康子先生と呼ばせてもらっている。）にはご多忙の中ずっと選をいただいており、私をはじめ句会参加者には大きな励みになっている。

このたび句集上梓にあたって、対馬会長には「序」を快くお引き受けいただいた。対馬会長ならびに句会、吟行、メール句会でご一緒させていただいた句友の皆様に改めて感謝を申し上げたい。

二〇二四年五月

坂田晃一

著者略歴

坂田晃一（さかた・こういち）

1956年　香川県生まれ
1997年12月頃より日経俳壇投句開始（選者　黒田杏子先生）
2005年２月　黒田杏子先生主宰の「藍生」入会、投句開始
2009年３月　「藍生」退会
　　　　　　鍵和田秞子先生主宰の「未来図」入会、投句開始
2015年５月　「未来図」同人
2020年９月　鍵和田秞子主宰ご逝去（６月）により「未来図」
　　　　　　終刊
2021年１月　「未来図」後継誌である「磁石」創刊同人
2021年７月　「磁石」同人会長
2022年７月　「磁石」退会
2022年12月　「麦」入会

現　在　「麦」同人、現代俳句協会・俳人協会会員

現住所　〒187-0011　東京都小平市鈴木町1-418-5

句集　耳輪鳴る　みみわなる
二〇二四年七月三〇日　初版発行
著　者――坂田晃一
発行人――山岡喜美子
発行所――ふらんす堂
〒182-0002 東京都調布市仙川町一―一五―三八―二F
電　話――〇三（三三二六）九〇六一　FAX〇三（三三二六）六九一九
ホームページ　http://furansudo.com/　E-mail　info@furansudo.com
振　替――〇〇一七〇―一―一八四一七三
装　幀――君嶋真理子
印刷所――三修紙工㈱
製本所――三修紙工㈱
定　価――本体二六〇〇円＋税
ISBN978-4-7814-1672-4 C0092 ¥2600E